嘉陵拾韵

付新民

— 著 —

西南师范大学出版社

图书在版编目(CIP)数据

嘉陵拾韵 / 付新民著. — 重庆：西南师范大学出版社，2020.12
ISBN 978-7-5697-0465-5

Ⅰ.①嘉… Ⅱ.①付… Ⅲ.①诗集-中国-当代 Ⅳ.①I227

中国版本图书馆CIP数据核字(2020)第220613号

嘉陵拾韵
JIALING SHI YUN

付新民 著

责任编辑：李 君 谭 玺
责任校对：张 昊
装帧设计：⊂⊃起源
排　　版：夏 洁
出版发行：西南师范大学出版社
　　　　　　网址：http://www.xscbs.com
　　　　　　地址：重庆市北碚区天生路2号
　　　　　　市场营销部：023-68868624
　　　　　　邮编：400715
印　　刷：重庆俊蒲印务有限公司
幅面尺寸：140mm×210mm
印　　张：6.5
字　　数：137千字
版　　次：2020年12月 第1版
印　　次：2020年12月 第1次印刷
书　　号：ISBN 978-7-5697-0465-5

定　　价：45.00元

目 录

● 第一辑 江山入画

万象楼远眺 / 3

黄岩半山步行 / 3

滴翠峡 / 3

魔术师 / 4

新竹 / 4

冬日 / 4

冬晚江景 / 5

色调 / 5

万象楼遇见 / 5

郭家沱农家 / 6

越界 / 6

古镇 / 6

巴江一景 / 7

龙滩子水库一景 / 7

木耳顺眼 / 7

江博 / 8

人物之别 / 8

马鞍溪小径一景 / 8

巴江所见 / 9

云湖情 / 9

黛湖 / 9

缙云秀色 / 10

绍龙观 / 10

格致楼风景 / 10

梅花俏 / 11

春晓 / 11

林荫道所见 / 11

天霁 / 12

丽景 / 12

人·物 / 12

晴日 / 13

嘉陵晨曦 / 13

北碚冬景 / 13

冬日花草 / 14

赏析 / 14

云山雾雪 / 14

进退 / 15

各美其美 / 15

巴江狂浪 / 15

出处 / 16

雨雾 / 16

暮江 / 16

坟茔 / 17

缙云 / 17

文峰塔夜景 / 17

山寺 / 18

心灯 / 18

江山月 / 18

月蚀 / 19

月食 / 19

冷荒 / 19

步见 / 20

溪林遇 / 20

看山 / 20

山城夜景 / 21

夕阳 / 21

年初都市 / 21

雨后气韵 / 22

精致 / 22

嘉陵春色 / 22

巴江水 / 23

江水宜人 / 23

凌江观景台所见 / 23

自然 / 24

驿路梨花 / 24

巴江所见 / 24

眼界 / 25

涨 / 25

满庭芳 / 25

清明踏青所见 / 26

公园秀色 / 26

苔藓 / 26

楝树 / 27

嘉陵秀色 / 27

火锅 / 27

银杏 / 28

碚水夕照 / 28

巴江黄昏 / 28

鸟夜 / 29

守狩 / 29

浑然 / 29

田园乐 / 30

江怨 / 30

巴蜀日月 / 30

绚烂 / 31

夏日江畔 / 31

碚城晨曦 / 31

海芋 / 32

美人蕉 / 32

阳光 / 32

杜家景致 / 33

洪水巴江 / 33

问山 / 33

月色 / 34

雷雨 / 34

雷音 / 34

西行漫记 / 35

长春余晖 / 35

眺海 / 35

风物 / 36

江畔所见 / 36

秋槐 / 36

相约 / 37

良辰美景 / 37

断云山 / 37

碚上山水 / 38

秋景 / 38

睡莲花开 / 38

朝花夕拾 / 39

景行 / 39

拨云见雾 / 39

雨竹 / 40

山人 / 40

巴江美 / 40

滨江夜 / 41

彼岸 / 41

江畔美景 / 41

秋日生意 / 42

温塘峡暮 / 42

山麓水畔 / 42

惊喜 / 43

橙山 / 43

黄桷兰 / 43

水库一角 / 44

观察 / 44

生机 / 44

山塘 / 45

垂钓 / 45

行者 / 45

温泉寺 / 46

画赏 / 46

赶山 / 46

景心 / 47

冬景 / 47

嘉陵美景 / 47

滨江即景 / 48

美云涣 / 48

碚晨 / 48

朗晴 / 49

村行 / 49

向晚乐 / 49

● **第二辑　静观自在**

附中即景 / 53

寄冬泳者 / 53

凌乱的激情 / 53

情思 / 54

巫山行步足 / 54

旅趣 / 54

垂钓之乐 / 55

走心 / 55

日盛 / 55

新婚 / 56

思妇 / 56

观自在 / 56

夜行 / 57

意趣 / 57

乡音 / 57

江畔静女 / 58

窗内窗外 / 58

大龙行 / 58

神女 / 59

冲锋舟 / 59

渔乐(其一) / 59

渔乐(其二) / 60

对白 / 60

叹息 / 60

岁月 / 61

断章 / 61

江畔美女 / 61

流浪 / 62

合宜 / 62

对话 / 62

反正 / 63

遇江展兄感怀 / 63

元旦前夕 / 63

揎客 / 64

交集 / 64

埋 / 64

良辰 / 65

逗鸟 / 65

自然怪象 / 65

暮曲 / 66

同质忧思 / 66

忧上心头 / 66

羁愁 / 67

江畔女 / 67

老少皆宜 / 67

放心 / 68

梦之队 / 68

煎熬 / 68

悯农 / 69

回荡 / 69

早春 / 69

欲 / 70

李花吟 / 70

堆积 / 70

神伤 / 71

雨后桃花 / 71

春之声 / 71

和诗 / 72

泳将赞 / 72

错过 / 72

泡桐 / 73

芦苇赞 / 73	静谧 / 81
夜沉 / 73	感慨 / 81
惜 / 74	惬意 / 81
行者 / 74	叹泣 / 82
失落 / 74	奴家怨 / 82
慨当以慷 / 75	远近 / 82
黄葛 / 75	感怀 / 83
光辉之后 / 75	临江 / 83
人道 / 76	结庐 / 83
黄葛 / 76	清醒 / 84
水问 / 76	秋问 / 84
山水恋 / 77	担心 / 84
溪流 / 77	惜晚 / 85
情谊 / 77	秋试 / 85
江畔有女 / 78	风上 / 85
去来 / 78	远逝 / 86
分别 / 78	多娇 / 86
慰藉 / 79	拆迁地 / 86
静候 / 79	蜀间乐 / 87
江草 / 79	冬日 / 87
心绪 / 80	老农 / 87
怀乡 / 80	大人 / 88
东流水 / 80	煎心 / 88

自有 / 88

叹息 / 89

物语 / 89

水退时刻 / 89

向晚江见 / 90

摄色 / 90

幕遮 / 90

冬阳 / 91

冬日天地 / 91

佳游 / 91

谈黯 / 92

舟逝 / 92

浪人 / 92

殊时 / 93

冬之歌 / 93

顾水 / 93

钓水 / 94

情动巴江 / 94

浪情 / 94

过往 / 95

痕迹 / 95

忆昔 / 95

冷遇 / 96

忆旧 / 96

愁绪 / 96

兴会 / 97

水岸踽步 / 97

伫立 / 97

离乱 / 98

守候 / 98

飘雪 / 98

暗合 / 99

岑寂 / 99

碚水 / 99

文娱 / 100

北碚情 / 100

年轮 / 100

游走 / 101

行吟 / 101

思念 / 101

芦花如雪 / 102

对偶 / 102

等候 / 102

过年 / 103

伊人伤 / 103

烟涛 / 103

第三辑　清风吹月

冬苇 / 107

忆赤水瀑布 / 107

温塘峡 / 107

自勉 / 108

重拾年少 / 108

则天 / 108

问天 / 109

无名草 / 109

桂花 / 109

望天景 / 110

节气 / 110

一株树的宣言 / 110

绿蘑赞 / 111

玉兰 / 111

城市 / 111

颜语 / 112

私语 / 112

碚石 / 112

云山外 / 113

快意 / 113

蜡梅 / 113

看见人间 / 114

自白 / 114

当涂 / 114

我的攀登 / 115

无题 / 115

随缘 / 115

怒放 / 116

大人 / 116

垄断 / 116

易从容 / 117

自由 / 117

玫瑰 / 117

际会 / 118

汛问 / 118

泳 / 118

雨游 / 119

草力 / 119

天地 / 119

晚足 / 120

视界 / 120

出口 / 120

水势 / 121

影视 / 121

游艇 / 121

泳者 / 122

人工鱼礁 / 122

芳草 / 122

第四辑 万物同光

天上？人间？ / 125

哲思 / 125

巫山遐思 / 125

断想 / 126

高处 / 126

悟理 / 126

渔人 / 127

人情世故 / 127

悟道 / 127

龟 / 128

悟道 / 128

心事 / 128

早行 / 129

江边游人 / 129

游走 / 129

问路 / 130

访农家所见 / 130

水的启迪 / 130

祈愿 / 131

温馨 / 131

意义 / 131

朝露 / 132

自解 / 132

回眸 / 132

肉眼闭 / 133

心念 / 133

栖苇雀 / 133

睹因挡电线大树被锯 / 134

心音 / 134

心有千千结 / 134

煎熬 / 135

自为世界 / 135

心太软 / 135

经典 / 136

过 / 136

静悟 / 136

自然而然 / 137

利词台 / 137

关联 / 137

自况 / 138

冬至缙云山 / 138

游见 / 138

天景 / 139

茗泽 / 139

品茗 / 139

巴江一景 / 140

戏水 / 140

得时 / 140

闲暇 / 141

自然 / 141

凉 / 141

变迁 / 142

无识 / 142

启悟 / 142

长途 / 143

思齐(其一) / 143

思齐(其二) / 143

思齐(其三) / 144

人间事 / 144

差别 / 144

老树新芽 / 145

变·辨 / 145

需要 / 145

金字塔 / 146

私享天地 / 146

思想 / 146

观自在 / 147

冰洁 / 147

午后日迟 / 147

坐井观 / 148

阳江见闻 / 148

自足 / 148

阴阳 / 149

江淹石 / 149

回望 / 149

树瘤 / 150

证道 / 150

被修剪的树 / 150

竞自由 / 151

天地 / 151

悖论 / 151

在水一方 / 152

附中春晚 / 152

中庭晚步 / 152

龟祭 / 153

立春 / 153

打工者的早上 / 153

今夕何夕 / 154	构树 / 161
误区 / 154	喜阴植物 / 162
三月梢 / 154	慨叹 / 162
蒹葭 / 155	流年 / 162
缘分 / 155	沱水畔遐想 / 163
尊重 / 155	自况 / 163
出入 / 156	夜过半 月过半 / 163
光影 / 156	陌生 / 164
呼唤 / 156	心绪 / 164
江河怨 / 157	山居 / 164
巴江语 / 157	荒疏 / 165
遐思 / 157	网 / 165
梨花海棠春 / 158	执念 / 165
阳光 / 158	我和你 / 166
传奇 / 158	蛙 / 166
遇见 / 159	远近 / 166
无·误 / 159	水草 / 167
生克 / 159	日落 / 167
光影的启迪 / 160	涨水蝶 / 167
笑看 / 160	视听之娱 / 168
矛盾 / 160	坟茔 / 168
阻挡 / 161	拾光 / 168
生息 / 161	桎梏 / 169

光明心 / 169

戚戚焉 / 169

计较 / 170

金乌 / 170

白与黑 / 170

看顾 / 171

差别 / 171

起伏 / 171

转角 / 172

巨变 / 172

了悟 / 172

夏钓 / 173

叶落 / 173

风起的日子 / 173

卷耳 / 174

好坏 / 174

夏苇 / 174

老人与狗 / 175

邂逅 / 175

出入 / 175

热·烈 / 176

修行 / 176

依旧 / 176

雨的启迪 / 177

鱼化石 / 177

现实 / 177

驿动 / 178

游泳 / 178

驿动 / 178

彳亍 / 179

过客 / 179

向前看 / 179

独处 / 180

久远 / 180

守正 / 180

感恩 / 181

镜水缘 / 181

渔人 / 181

乱弹 / 182

变化 / 182

苇人 / 182

启迪 / 183

景深 / 183

对流 / 183

逝水 / 184

自观 / 184

山中岁月　／ 184

了悟　／ 185

治理　／ 185

老成　／ 185

情欲　／ 186

老去　／ 186

老问　／ 186

自洽　／ 187

船行　／ 187

进退　／ 187

推断　／ 188

向往　／ 188

春闲　／ 188

山花　／ 189

水草　／ 189

思齐　／ 189

序 言

岁月是那款款复摇的经轮,生命终究如花草衰繁,叶落根生,每一瓣馨香,都带着记忆的韵味,它熟悉,引人遐想,却又止于一瞬。一切欢笑的,悲哀的往事,在凋零的那一刻,便依着新的轨迹,碾作花尘,供养下一段回忆。

这已不是第一次给诗集写序,但一想到诗,依然会想到闪光的青春,想到和岁月一起美丽。

《嘉陵拾韵》,主要由"江山入画""静观自在""清风吹月""万物同光"四辑按时序构成,是流动的平仄。作品重点描写的是缙云山和嘉陵江风光以及北碚的风土人情,体现巴渝富足、文明、和谐的生活,也记录了作者在北碚之外的旅行轨迹,讴歌祖国的大好河山。

诗集立足北碚,深入生活、扎根基层,围绕山水、故乡、休闲、爱恋、命运等,用平缓的节奏,明亮的眼睛看世界,看生活,看未来,力争与时代,与地域,与时令共振,用灵魂也为灵魂浅唱低吟,安静、舒缓、明丽中不乏沉着,自然中不乏生气和活力。

不知有温度的词语,能否打湿你的心情?

静默的时候,我喜欢在心灵的客栈一个人听雨,掩上门扉,任凭窗外风雨飘摇,只守着那片刻的安稳和宁静。我把遇到的风景、发生的故事、无尽的美好,在古韵的廊间、乡间的路头,转化成一棵隐藏在角落的小草,一朵旁逸斜出的红梅,几丛潮湿的青苔。一盏孤灯,一溪流水,无须与世俗争输赢,煮一壶闲茶说过往,留半窗明月看流年。无意成败,得失随缘,唯愿这短暂的人生,莫留下太多遗憾给自己。

我想把近体诗的脚放大一点,向过去告别。在诗歌追求上,我比较喜欢臧克家的理念,他把精练、大体整齐、押韵作为新格律诗的基本条件。在这些前提下,形式可以有变化,如果完全遵循旧制,当有以文害义之嫌,当明显影响表达效果时,果断的舍弃镣铐是必要的,毕竟我们不能守在故纸堆里,听从古人摆布,也不能无所作为。我希望既可以守住诗的灵魂,也可以像先行者刘半农那样"破坏旧韵,重造新韵",在古典诗歌与新诗的内容形式间建立一个方便写者的平衡。

诚望能为我中华格律诗坛带来点清新的风,如果能起到承上启下、继往开来的作用,那将是本人最大的荣幸。

作者 于2020年10月24日

第一辑 江山入画

万象楼远眺

嘉陵水奔流,
渺渺渡千舟。
双桥飞彩虹,
万象踞中游。

2017-11-5

黄岩半山步行

野菊香满径,
黄岩更可亲。
再往山下走,
神女溪口等。

2017-11-18

滴翠峡

峡水织锦练,
船来分两边。
俯瞰似镇远,
日月易来见。

2017-11-18

魔术师

白日坼乌云,
万剑集一柄。
照到地面上,
融融一身金。

2017-11-25

新竹

四季享春色,
冬来也不歇。
远观鹅黄新,
近看枯槁节。

2017-11-25

冬日

阳光润清寒,
日高待雾稀。
鸟比人先醒,
忽忽叫东西。

2017-11-26

冬晚江景

航标闪闪亮，
有人夜泅航。
白鹤最辛苦，
仍在狩猎忙。

2017-11-29

色调

碧江水皱皮，
汀鹤耸白羽。
小径红衣至，
蓝天盖大地。

2017-12-5

万象楼遇见

天井垂翠帘，
簇簇冬亦鲜。
精心呵护故，
大美蹊不言。

2017-12-5

郭家沱农家

岁末钓季节,
芭蕉绕宅热。
一竿沽风月,
满树驻春色。

2017-12-7

越界

潮涌两岸阔,
日月淹其形。
长流驻心头,
欲把天地休。

2017-12-8

古镇

山坳丽日缓,
清新水声迟。
寻径访幽树,
听泉呷雅茗。

2017-12-9

巴江一景

两眉双攒聚,
阔口横千里。
颔首缙云山,
风吹斜髭须。

2017-12-12

龙滩子水库一景

双虹落碧水,
竹弯汲波起。
斜树常迎客,
起伏山川丽。

2017-12-17

木耳顺眼

蚕豆小叶桉,
芋儿白萝卜。
葱花何首乌,
莴笋豌豆尖。

2017-12-17

江博

日暮船行忙,
夜钓刚开张。
星火启江面,
厚德载物光。

2017-12-18

人物之别

鸟歇乱苇丛,
啼声似惺忪。
不安轻睡去,
少女始妆容。

2017-12-18

马鞍溪小径一景

杂芜人罕至,
叶落鸟惊心。
艳阳破昏晓,
蒲扇见光明。

2017-12-19

巴江所见

水阔接地阴,
山高不见形。
咕咕声音里,
藏着掘金人。

2017-12-19

云湖情

金乌恋水榭,
垂柳亦被泽。
曲径通幽处,
芳草夕阳斜。

2017-12-21

黛湖

黛湖生明镜,
紫夜飞流岚。
桃花水母开,
山水咸问讯。

2017-12-22

缙云秀色

缙云醉酡红,
独醒狮子峰。
云霞霓裳舞,
矗立瞰青松。

2017-12-22

绍龙观

烟霞焕四季,
相思情未了。
绍龙佑苍生,
白云不须恼。

2017-12-22

格致楼风景

雨湿草叶青,
黄天接地阴。
树高着墨色,
烟雨候佳人。

2017-12-29

梅花俏

腊月梅正香,
花开黄衣裳。
羞涩藏不住,
激越满庭芳。

2018-1-4

春晓

晓寒湿红翠,
黄菊松下重。
日出亮山野,
草木恰东风。

2018-1-5

林荫道所见

草苔上独亭,
蛾眉修远景。
雨润鸟猖獗,
新篁露地根。

2018-1-7

天霁

嫩生亮高阳,
碧老寒波光。
小叶舟逞能,
惊惶大姑娘。

2018-1-8

丽景

射线撑白日,
人眼收群冈。
宝树披彩衣,
羲和来点亮。

2018-1-9

人·物

山草多白头,
小城亦浸染。
小雀跳疏阳,
吱吱唤春山。

2018-1-9

晴日

雪冷三千里，
万丈无尘埃。
天蓝地高远，
一派好河山。

2018-1-10

嘉陵晨曦

鸟积纵前行，
水缓清流声。
江阔蓝天宇，
山苍杂波形。

2018-1-10

北碚冬景

寒风瘦江南，
乳云饱苍山。
水懒阳光少，
户户收余闲。

2018-1-18

冬日花草

秋英闹坡欢,
芦苇杂岁难。
乾坤大挪移,
元月两重天。

2018-1-18

赏析

青荇钓软泥,
水滴叹号起。
微澜铺平地,
秀媚冬江里。

2018-1-18

云山雾雪

晓染霜竹翠,
白沫漫飞雪。
雾润阶前草,
画山云中歇。

2018-1-20

进退

熟土草荒勤,
野禽多畏人。
农夫弃嘉碧,
退耕自然新。

2018-1-20

各美其美

艳姜美成林,
毛蕨树下荫。
雪松曼妙舞,
小塘涸鸟鸣。

2018-1-21

巴江狂浪

嘉陵怒如海,
波大不寻常。
潮人已走远,
白鹤不敢近。

2018-1-22

出处

绿水入江青,
红衣犬贵人。
苇白烂如泥,
新黄危岩登。

2018-1-23

雨雾

冷雨恋碚城,
峡江遁空门。
蜡梅日渐黄,
老了巴川神。

2018-1-24

暮江

浪来泪花雨,
童子寻野趣。
船行破星河,
犬吠入夜里。

2018-1-25

坟茔

湖大浮坟茔，
疑是小岛行。
错过三秋波，
合川截江平。

2018-1-26

缙云

铅云压巴山，
众峰聚荷天。
云平山亦齐，
不怕命相连。

2018-1-26

文峰塔夜景

江湖造文峰，
灯火相映红。
三重飞檐对，
乾坤元始隆。

2018-1-27

山寺

冰泉山谷戏,
夕阳衰草低。
晚风拂清远,
禅香磬瑞鱼。

2018-1-27

心灯

红灯结新年,
夜色披霞衣。
火树花开浓,
春光落小区。

2018-1-27

江山月

月升渔舟小,
相思情半浓。
山简拙笔描,
澜约满江涛。

2018-1-29

月蚀

华光褪月薄，
东天悬小球。
盈亏不在我，
地日生蓝波。

2018-1-31

月食

寂光照圆头，
红月逐渐残。
长安不望天，
万户有余闲。

2018-1-31

冷荒

疏径小塘横，
断桥清流冷。
花椒籽尽落，
鬼针草苍生。

2018-2-1

步见

足下步水韵,
漫行雪花林。
散懒溪月浅,
叶落正惊魂。

2018-2-2

溪林遇

午后风阳暖,
湘竹和溪声。
绿水绕村碧,
满树尽苔痕。

2018-2-2

看山

白云描山廓,
鸟飞扰短晴。
绿野接广翠,
草木覆上青。

2018-2-11

山城夜景

夜黑不看山,
灯火城郭勾。
重庆夜永昼,
烟花漫渝州。

2018-2-11

夕阳

蛋黄煎天锅,
香软合相宜。
明明无酒佐,
却说缺天梭。

2018-2-17

年初都市

天空罩缁衣,
繁星全落地。
城市堕银河,
天上人间移。

2018-2-18

雨后气韵

天青水墨玉,
苇翠草上绿。
柳细远如烟,
丁点人在浴。

2018-3-6

精致

碧水草青青,
翠色照晚晴。
殷勤无转移,
春天更分明。

2018-3-7

嘉陵春色

蓝带飘天外,
香风扑面来。
春风等闲度,
相约桃花开。

2018-3-8

巴江水

水好容万青,
一众被江引。
晴柔佳更丽,
嘉陵风骚吟。

2018-3-9

江水宜人

江石有美人,
发长汲水深。
鹤膝透春色,
潇湘动古今。

2018-3-9

凌江观景台所见

江碧鹤翔集,
平沙落日丽。
山远似笔架,
树前雅客稀。

2018-3-15

自然

野鹜贴水追,
轻疾如点水。
流星划水平,
天高无鸟飞。

2018-3-16

驿路梨花

半山生烟云,
茂林鼓新嫩。
草坡豆荚稀,
梨白夺芳魂。

2018-3-18

巴江所见

沙燕巢穴密,
桥高白鹤低。
日落寒波去,
峡江坠彩衣。

2018-3-21

眼界

汛来江滩平,
视野宏阔新。
烟雨十八里,
尽是故乡景。

2018-3-28

涨

清风拂山冈,
明月哺大江。
山缓水更阔,
一宿千里长。

2018-3-30

满庭芳

满树结香兰,
墙转见垂柳。
月季如新妇,
睡浅情浓羞。

2018-3-31

清明踏青所见

举伞步行坚,
斜雨吹脸面。
小渠淹绿草,
刚好得新欢。

2018-4-5

公园秀色

水杉黄葛渡,
云树相亲忙。
一湾碧波漾,
小阁烟柳黄。

2018-4-6

苔藓

树高多荫凉,
上坡不仰望。
阳光不理我,
权作地苔黄。

2018-4-10

楝树

苦楝修华盖,
膝下芳草森。
羡上慕下青,
冉冉无长亭。

2018-4-16

嘉陵秀色

缚水得苍龙,
日烈洗长空。
媛女清波戏,
水光徘徊中。

2018-4-18

火锅

枣林灯火隆,
半山口欲蓊。
香飘落惊艳,
风来中心红。

2018-4-21

银杏

树高顶难发,
中心叶万隆。
最少有三月,
枝枝都叫穷。

2018-4-21

碚水夕照

碚石如土豆,
江水足宽怀。
落日低草头,
风吹水花开。

2018-4-26

巴江黄昏

夕阳得晚霞,
余晖淹蒹葭。
月高日未落,
星梦已出发。

2018-4-26

鸟夜

凌江观胖月,
黑鹭飞黑夜。
四月杜鹃勤,
声声都带血。

2018-4-27

守狩

银辉中天撒,
江月转头空。
天高扪不得,
水近楼台红。

2018-4-27

浑然

潮涌鱼兴奋,
高树鸟抱鸣。
自然多天籁,
暮春接黄昏。

2018-4-28

田园乐

旅稻溪畔生,
水缓鱼泡勤。
玉米高及腰,
四季豆分明。

2018-5-1

江怨

巴江从来急,
无语绵无期。
最是不规矩,
翻覆作云雨。

2018-5-1

巴蜀日月

巴山草离离,
蜀岳莽萋萋。
红日眷大地,
月斜顾愚妻。

2018-5-7

绚烂

黄鸟惊彩蝶，
绿苇挡江色。
野胡花似伞，
接骨籽青白。

2018-5-11

夏日江畔

日丽人丁旺，
裤短腿更长。
阳光太使坏，
剥去贴身裳。

2018-5-12

碚城晨曦

青山多妩媚，
白鹤绕翠微。
日从深渊出，
晴空彩云追。

2018-5-17

海芋

海芋大斗篷,
半崖接古榕。
日披霞衣看,
岁月贻青葱。

2018-5-20

美人蕉

雨润红衣娇,
翠柳碧波摇。
美人舞步乱,
芳甸多风骚。

2018-5-20

阳光

日出满江红,
金鳞次第开。
四海一瞬抚,
其实八分来。

2018-5-21

杜家景致

双虹落东桑,
日高树隙光。
翠色平畴远,
三峡封来汤。

2018-5-22

洪水巴江

水涨江逼人,
黄河移嘉陵。
莫望水中屿,
出没指迷津。

2018-5-22

问山

白云卧山峦,
依稀不辨禅。
悠悠漫天宇,
卿相造仙山。

2018-5-22

月色

半月中天巡,
光华戏流云。
白日蒸四海,
夜色撩拨人。

2018-7-20

雷雨

雨打蝉声消,
水多惊叹号。
热湿浊逼闻,
雷鸣东西跑。

2018-7-22

雷音

雷雨晚来密,
音爆似战机。
东西两呼应,
凉风已习习。

2018-7-22

西行漫记

草甸白鹤多,
漫水花树殊。
路近愈难走,
西行不胜楚。

2018-7-28

长春余晖

飞翼托落日,
原野何苍茫。
地平下镜泊,
红日映霞光。

2018-8-1

眺海

残霞映碧海,
草翠接远晴。
惊涛拍水暖,
鸥鸟渡黄昏。

2018-8-12

风物

椰林风吹晚，
台阁次第灯。
涛声枕风流，
长岛四季春。

2018-8-14

江畔所见

暖流波粼光，
鸟分水阴阳。
艄公一声吼，
回水挽弓强。

2018-8-27

秋槐

刺槐着新襦，
秋雨分外妖。
博雅汇灵根，
四季得春娇。

2018-9-12

相约

东阳星罗密,
夜稠人渐稀。
寒风轻咬侬,
过河上峰去。

2018-9-14

良辰美景

蓝天绘云素,
童子指碧落。
水波余晖嫩,
日月晚媾和。

2018-9-23

断云山

白乳倾冈峦,
青峰藏芒尖。
天地一暧昧,
削平万重山。

2018-9-24

碚上山水

缙云披薄纱,
山花饮中流。
水上鸟飞疾,
念动山作舟。

2018-9-25

秋景

流光江面抛,
秋苇新带憔。
燕高蛐声叫,
棉云沉山坳。

2018-9-28

睡莲花开

荷花睡水床,
芙蓉面朝阳。
羞涩如新妇,
仰头对晴朗。

2018-10-1

朝花夕拾

晨起啜甘露,
沉醉碧塘秋。
柳荷着春色,
山高明月楼。

2018-10-1

景行

枝上鸟鸣翠,
脚下云生烟。
挥手流岚别,
水瘦山亦寒。

2018-10-3

拨云见雾

百步不见人,
雾起淹碚城。
登高无为远,
樊篱少相亲。

2018-10-6

雨竹

竹雨山色奇,
水做璧白衣。
清流声响远,
君子自然立。

2018-10-6

山人

入山人行稀,
烟云空翠迷。
足染苔痕绿,
手伸橙橘低。

2018-10-6

巴江美

晴芳接远翠,
千家有余闲。
江波披金鳞,
风行重万山。

2018-10-11

滨江夜

江岸两辉煌,
夜渔刚开张。
清水连舟卧,
山枕嘉陵光。

2018-10-14

彼岸

波色连远翠,
风吹万重山。
日间白云渡,
渔舟散炊烟。

2018-10-20

江畔美景

芦苇红满坡,
木叶鸟如麻。
白蝶作轻盈,
停恰一朵花。

2018-10-22

秋日生意

寒潭钓落日,
渺渺孤鸿影。
野鹜交逐新,
闭羞蓝花楹。

2018-10-28

温塘峡暮

烟云横古道,
铁船入三峡。
凌波钓夜鱼,
黑鸟空天里。

2018-10-30

山麓水畔

水碧对山青,
渔舟江上行。
风吹河草偃,
大木多森森。

2018-11-7

惊喜

肥鸟枝上啼,
浪花兼细雨。
草高没人膝,
冬竟春江里。

2018-11-9

橙山

金枝果垂香,
青山云漂洗。
都说落日浅,
埋在山坳里。

2018-11-11

黄桷兰

兰花枝头落,
香气犹扑鼻。
一年两度开,
含笑被子离。

2018-11-21

水库一角

墨镜藏翠色,
黄碧对岸新。
树下垂璎珞,
无人草自青。

2018-11-24

观察

远鹤树梢立,
翠竹满山溪。
宅前白鸽绕,
野鸭唤娇妻。

2018-11-24

生机

黄菊坡上行,
木耳簇簇生。
谁言小雪寒?
芭蕉逼苔青。

2018-11-24

山塘

雀飞山塘外,
云影宝鉴中。
日斜波醉人,
弱柳坏西风。

2018-11-25

垂钓

日佳人气聚,
塘深鱼动稀。
夕阳青山外,
双眼落水碧。

2018-11-25

行者

行在江山外,
水墨入画中。
独享清风长,
雾下抚青松。

2018-11-27

温泉寺

峡口风光异，
风来鸟鸣急。
清江装日月，
温汤傍庙宇。

2018-11-27

画赏

春风捡旧枝，
花树欲语迟。
人言老来俏，
红梅春先知。

2018-11-28

赶山

远峰含早翠，
阳光随步前。
黄菊香野至，
对眼缙云山。

2018-12-1

景心

鹤踱浅滩石,
阳光对岸景。
心作一苇航,
目送水江清。

2018-12-3

冬景

过往钩日月,
西风不得闲。
沉吟江畔故,
山外有青山。

2018-12-7

嘉陵美景

清波江上喧,
涛兴带微寒。
燕子三抄水,
晴日云阳欢。

2018-12-12

滨江即景

日出沙洲暖,
鸟停叫欣欢。
磅礴辉煌里,
怡景入眼帘。

2018-12-12

美云涣

红袖绕沙堤,
紫云远下地。
草翠夹苇白,
风烟三千里。

2018-12-19

碚晨

山河降紫云,
琼玉夹鸟声。
渔舟泊水岸,
天地唤新晴。

2018-12-19

朗晴

阳光照白云,
地上万物生。
水浅半岛出,
延伸好新晴。

2019-1-10

村行

桃花贴水艳,
绿塘增山色。
邀友环乡道,
柳芽笑眼开。

2019-3-3

向晚乐

碧塘柳树新,
翠竹并鸣禽。
三五蝌蚪乐,
太阳接地阴。

2019-3-3

第二辑 静观自在

附中即景

夜色到校园，
清流成江镜。
谁把乾坤换，
料是教育人。

2017-11-12

寄冬泳者

中流游泳客，
入冬反不歇。
出没风波里，
浪得生命色。

2017-11-15

凌乱的激情

狼藉江边苇，
啁啾鸟飘飞。
金刚难努目，
野鹜上下追。

2017-11-15

情思

倚栏望秋水,
送君到天边。
不知千里后,
谁伫江尾潛?

2017-11-16

巫山行步足

红叶远喧嚣,
巫山近自然。
李白闻猿啼,
新民听松涛。

2017-11-18

旅趣

才过净坛峰,
又见巫峡鱼`。
一日历三季,
冷得瓜兮兮。

2017-11-18

垂钓之乐

芦苇做钓竿,
千年钓不完。
嘿咗一用力,
人仰马也翻。

2017-11-22

走心

云开赏山景,
雾聚审内心。
摊阅古今事,
到底重晚晴。

2017-11-23

日盛

白首常如新,
一对碧玉人。
华堂烧高烛,
留取待夜深。

2017-11-25

新婚

轻搂白纱衣,
垂眉等新人。
心尖扯上嗓,
欲拒又还迎。

2017-11-25

思妇

流水照佳丽,
移步难成形。
寻思镶破镜,
离人看归人。

2017-11-25

观自在

有你爱不缺,
无汝声暂歇。
即离刚刚好,
举动专本色。

2017-11-25

夜行

蒿草没腰膝,
天灯照依稀。
促织声浪里,
怀乡怕路歧。

2017-11-28

意趣

踏雪染梅花,
醉买日西斜。
轻狂少年郎,
夜深海棠花。

2017-11-28

乡音

前面明晃晃,
后面水凼凼。
脚夫一声吼,
游子心头上。

2017-11-30

江畔静女

伊人独徘徊,
弱弱似有待。
如何知心意,
爰爰有城墙。

2017-12-1

窗内窗外

华堂灯火明,
茶坊有笑声。
卖力求生存,
蹲坐等客人。

2017-12-3

大龙行

十里柚飘香,
万亩畦透碧。
农家盛邀客,
兄弟欢颜俱。

2017-12-3

神女

柔荑纤又长,
娉婷娇面庞。
似露执手礼,
梦里诉衷肠。

2017-12-5

冲锋舟

凌波排白浪,
眨眼过巴江。
鱼惊鸟失措,
无处话凄凉。

2017-12-7

渔乐(其一)

中有方仙境,
地小种百蔬。
山色任抟揉,
垂柳拂青波。

2017-12-10

渔乐（其二）

方塘垂钓忙，
云光常翕张。
眼比水还绿，
欣欣国宏庄。

2017-12-10

对白

芦花白了头，
冈小有人家。
阳雀双双飞，
许你不系舟。

2017-12-10

叹息

雄鸡遥长啼，
羲和驾日来。
催得人生老，
天亮无征衣。

2017-12-11

岁月

水滴敲木鱼,
声声紧而急。
流年概如此,
相煎何太急?

2017-12-11

断章

鸳鸯各戏水,
不减风景美。
情侣常依偎,
笑看鸳鸯水。

2017-12-17

江畔美女

断江见白鹭,
疑是听涛人。
拾步磐石上,
水淹碧玉情。

2017-12-19

流浪

畦黄见懒穑,
叶积愁归心。
本非城中人,
伺稼还躁心。

2017-12-23

合宜

沙燕不之北,
潮退觅食忙。
勿言梁园好,
安放才故乡。

2017-12-26

对话

日暮归人远,
岁末客愁新。
月盈尚有时,
孤灯待天明。

2017-12-27

反正

山江多迷离,
人世胜仙境。
不知谁在说,
今天霾扰心。

2017-12-28

遇江展兄感怀

阳光拂弱柳,
泽被古都厚。
江天海辽阔,
展施大兴袖。

2017-12-30

元旦前夕

火树中国结,
曲江俘夜色。
红色来打底,
元亨利贞热。

2018-1-1

捱客

枯坐待成行,
生怕累及身。
恍惚疗渴睡,
振作笑亲情。

2018-1-1

交集

向背一念间,
桥在车行远。
何处再碰头,
仍旧一瞬间。

2018-1-3

埋

人狗情谊深,
沙冢葬忠魂。
盘桓久不去,
犬子慈父心!

2018-1-4

良辰

阳雀橘上停,
声响热闹闹。
历历群峰会,
阴阳树竹对。

2018-1-6

逗鸟

百叶枯老阳,
乳鸽初翕张。
咕咕一声唤,
没入草中央。

2018-1-8

自然怪象

苇絮不觉假,
病树叶黄新。
明明冬已隆,
感觉像初春。

2018-1-9

暮曲

砾船满载归,
汽笛声相随。
唱晚非渔舟,
闲话小腿肥。

2018-1-10

同质忧思

楼新难绘画,
到处都一家。
反是坡陋室,
信手提笔佳。

2018-1-10

忧上心头

江雾笼清愁,
暮重却不休。
回首重重帘,
身老系渔舟。

2018-1-15

羁愁

酡红微曛天,
清冷巴江畔。
脉脉看流水,
月生千古寒。

2018-1-17

江畔女

日斜采野芹,
风冷掬春心。
背包红衣女,
顾水生柔情。

2018-1-17

老少皆宜

老妪换泳衣,
婀娜如少女。
少年山地骑,
轻灵如平地。

2018-1-19

放心

花园客扰少,
人来鸟不惊。
人鸟对视浅,
自然怡身心。

2018-1-21

梦之队

雪松不见雪,
文峰勿望峰。
平湖三江口,
健康圆吾梦。

2018-1-26

煎熬

日迫诗渐稀,
月耽笔疏懒。
捉刀削美色,
促狭仄真情。

2018-1-29

悯农

锄禾忘收获，
燃草当炊烟。
不解农夫痛，
靖节把玩闲。

2018-2-1

回荡

市井多人行，
暮光杂俗粉。
回乡遇陌路，
离家又乡音。

2018-2-3

早春

清水濯足寒，
摇曳水中天。
燕雀不怕冷，
翻飞赞春天。

2018-2-6

欲

丝竹不萦耳,
鸽哨病寸心。
人生短朝露,
难人守岁真。

2018-2-6

李花吟

道旁紫叶李,
心中万朵花。
花闹朝暮醒,
繁华慕真情。

2018-3-9

堆积

鸟飞鸢尾开,
青石起绿苔。
大水奔流过,
心事已成海。

2018-3-13

神伤

欲望如春草,
汁润长生旺。
蒹葭在其旁,
大美不言伤。

2018-3-12

雨后桃花

残红雨后饱,
风动雨作泪。
都言美色好,
不见双泪垂。

2018-3-19

春之声

绿丘春满径,
野芹老如新。
飞蚊织夕阳,
鸟鸣入草深。

2018-3-21

和诗

两山日边来,
中流水月开。
一旦得古寺,
桃花报我爱。

2018-3-22

泳将赞

水寒刚沁脾,
欸乃中流击。
顺水好惬意,
当心晴翠袭。

2018-3-22

错过

花褪青杏小,
雅芳侵古道。
去年花未开,
今合春已老。

2018-3-26

泡桐

紫鹃袭人美，
妙玉宝钗醉。
风雨红楼散，
落花为阿谁？

2018-3-28

芦苇赞

蒹葭露似霜，
晨曦青镶黄。
玉米高粱远，
专心守大江。

2018-4-2

夜沉

山莽夜横亘，
逆以煎我怀。
前路多舛遥，
岳涛何时消？

2018-4-2

惜

女贞花馥郁,
阳光撩人衣。
生命最炽烈,
奈何有荫翳!

2018-4-3

行者

烈日当头晒,
碧波迎面来。
群山两边走,
往前浪花开。

2018-4-9

失落

夜晚颜色深,
灯火等佳人。
有光不见荫,
薄凉从脚生。

2018-4-10

慨当以慷

新月挑旧事,
小流入大荒。
长情对短日,
盛世了冯唐。

2018-4-20

黄葛

黄葛知生日,
落叶奠地母。
多少草木零,
岁月催凄枯。

2018-4-25

光辉之后

蒹葭茂高密,
秀色山可欺。
不知脚下尸,
陈叶正哀泣。

2018-5-2

人道

水泄草毛乱,
瘫软多愉悦。
生命过扶疏,
洪峰再来削。

2018-5-3

黄葛

碧溪有嘉树,
过路黄上堤。
立夏生气失,
料是生日泣。

2018-5-4

水问

目送流水远,
难寄千古愁。
何年有水流,
流水何时休?

2018-5-10

山水恋

风烟嶂缦云，
翠色入帘青。
江水贵妇绸，
时掀蓝清新。

2018-5-11

溪流

浏亮溪色浅，
蜿蜒活脱脱。
运转有力量，
潺潺杂欢歌。

2018-5-12

情谊

关关蒹葭丛，
粼粼江上波。
同窗叙永年，
嘉陵水涨多。

2018-5-13

江畔有女

风来婀娜态,
水动莲花羞。
晴日藕粉臂,
坐看水抬舟。

2018-5-23

去来

水比眼界阔,
云多日边走。
船行分峡流,
身老却渝州。

2018-5-23

分别

奔腾嘉陵水,
日夜不废流。
青童逐蝴蝶,
银铃闹巴州。

2018-5-23

慰藉

荼蘼难且远,
水深刚湿脚。
负重无遐足,
明年德不孤。

2018-5-23

静候

水淹芦苇矮,
石乱旋涡多。
江阔潮起落,
看客定风波。

2018-5-24

江草

江上燕乱飞,
风波去又回。
浓云独立久,
汹涌沱草悲。

2018-5-24

心绪

洪退鸟雀忙,
水流无声响。
老枝隔落日,
浮杂乱文章。

2018-7-14

怀乡

斜阳叶嫩密,
残树堆云集。
乡村送饭香,
呼声落泪滴。

2018-7-14

东流水

大河向东流,
蒹葭全离愁。
来岁草叶泥,
水洪仍淹洲。

2018-7-17

静谧

溪前日先下，
荫翳瘆人家。
蒲桃零落多，
青蛙呱呱呱。

2018-7-19

感慨

日淡月更疏，
念念春秋横。
尘世少纷争，
人生多风云。

2018-7-20

惬意

雨来暑气小，
黄绿入眼娇。
鸟雀急急飞，
文思路不遥。

2018-7-22

叹泣

低头看天池,
白头应长白。
多年入梦里,
一直在朝西。

2018-8-3

奴家怨

莫做弄潮儿,
早晚入海流。
妾身人不见,
鱼多春上愁。

2018-8-16

远近

广目开眼界,
流水分中洲。
叶落遍地黄,
何必看远方。

2018-8-27

感怀

黑燕飞如蝗,
黄阳满碧江。
溪比水沟小,
谁知曾可航?

2018-8-29

临江

清风迎面来,
浪花朵朵开。
摘就青天色,
脚下流光彩。

2018-9-1

结庐

幽壑晚阳照,
檐角放光明。
风压白云低,
守拙苔生尘。

2018-9-2

清醒

闲来看羽云,
蝉鸣误鸦声。
美景难踏实,
秋色渐黄昏。

2018-9-2

秋问

秋寒凉罗袖,
皮筏下渝州。
借问满江碧,
何时载春愁?

2018-9-10

担心

雨斜风无定,
云横断翠山。
秋中蝌蚪小,
如何蛙冬眠?

2018-9-12

惜晚

晚晴钓鱼人,
碧波映日新。
秋水泛春意,
情话却黄昏。

2018-9-23

秋试

深闺养浅愁,
女儿说还休。
风刀严霜逼,
却道好个秋。

2018-9-25

风上

桃园高树多,
秋风无依托。
拾级乱苔痕,
胸中滋巍峨。

2018-9-27

远逝

长影截江流,
冷光过渔舟。
黯淡江湖远,
思君下渝州。

2018-10-10

多娇

船来江如画,
山叶落鸟诗。
稚子蹒跚步,
指点江山迟。

2018-10-26

拆迁地

藤蔓欺树高,
枝繁被叶茂。
西风照墟废,
巷亡人已老。

2018-10-31

蜀间乐

夕阳千山暮,
酒后小眠曲。
日上雪稀少,
交流川岳丽。

2018-11-1

冬日

碧空懒云舒,
日白天山路。
西风叙旧事,
道别各归途。

2018-11-8

老农

橘熟红苕挖,
旱烟老鹰茶。
溪流泼玉碎,
白云驻我家。

2018-11-12

大人

高山出大峡，
长河落奔腾。
日月输流金，
芳华绝风尘。

2018-11-14

煎心

蚊停乱芳树，
落叶如归人。
带宽形容瘦，
长水连衣襟。

2018-11-14

自有

江平岸自阔，
人来草上青。
江湖儿女好，
沙堤写永恒。

2018-11-14

叹息

画中揽日月,
镜里磨霜鬓。
红颜当不远,
只是背我行。

2018-11-14

物语

墙上五爪龙,
岁岁欲葱茏。
依仗好根基,
早付谈笑中。

2018-11-16

水退时刻

江小滩更远,
水落惊渔人。
白鹤一箭远,
浅飞试羽勤。

2018-11-21

向晚江见

回水濯旧鞋，
老叟新衣泳。
画眉停晚树，
西云见酡红。

2018-11-21

摄色

灰鸠入红林，
黄鸟青蓖停。
碧涛生白雾，
黑衣正花心。

2018-11-22

幕遮

青川浪打浪，
峡江雾重山。
沙洲绵暖意，
淹留足坏滩。

2018-11-23

冬阳

蝴蝶草上飞,
阳雀水边肥。
暖日水徘徊,
浪花桥下追。

2018-11-23

冬日天地

日白云中沉,
江流快如隼。
落叶飘至远,
风中鹤正行。

2018-11-23

佳游

廊桥环水碧,
竹树两相依。
鸟鸣藏山翠,
闲话肥家里。

2018-11-24

谈黯

火树舞清扬,
黄昏小时光。
泉水歇漫上,
碎步压情伤。

2018-11-24

舟逝

船小破浪雨,
眨眼千米去。
空留千重浪,
暂作山水依。

2018-11-27

浪人

长歌倚碧水,
雾稀凝紫烟。
无心浪花白,
鸟鸣向深山。

2018-11-29

殊时

离离草上原，
燕飞乱冬天。
顺水船行疾，
浪花拥趸前。

2018-11-29

冬之歌

黄泛入碧波，
红衣知春来。
坡上寒烟翠，
鹤飞浪花踩。

2018-11-29

顾水

中流水急远，
碧浪一边闲。
抬头有远望，
浩浩水中天。

2018-11-30

钓水

水墨染左江,
稚子看白浪。
一杆梅花枪,
打掉春秋狂。

2018-11-30

情动巴江

水好沙燕勤,
云低欲垂青。
波碧夺远志,
白头浪花吟。

2018-11-30

浪情

闲顾浪花卷,
远鹤立浪尖。
轻狂天涯浪,
浪白逐沙滩。

2018-12-5

过往

浪花白云边,
际会水当前。
流转顾往事,
感慨系万千。

2018-12-5

痕迹

风吹脖冷短,
草叶两悲催。
冻结满天星,
蒹葭离人泪。

2018-12-8

忆昔

微风吹晓寒,
雾隔万重山。
平明拾旧忆,
雪雨满胡天。

2018-12-15

冷遇

寒山对落日,
翠竹藏清欢。
水流逐下客,
长影多流连。

2018-12-17

忆旧

断桥苦无主,
水流歇三年。
荫翳冻日月,
大家去不还。

2018-12-18

愁绪

苇絮飞冬愁,
清江送年走。
纵有暖日伴,
不断千古流。

2018-12-20

兴会

高歌欲塞川，
阳光驱水寒。
鹜来双戏水，
落日草头山。

2018-12-20

水岸踽步

水缓清流长，
黄蒿两岸烧。
冬乡夹旧日，
形影两相吊。

2018-12-21

伫立

叶落鸟树多，
江冷人鱼行。
雾大目光短，
晨露滴湿身。

2018-12-25

离乱

风流见水流,
肠断白蘋洲。
欲望风烟渡,
碚石当中舟。

2018-12-28

守候

寒江冻水流,
天际无归舟。
云山雪已深,
古寺钟声稠。

2018-12-29

飘雪

天寒鸟冻瑟,
爬山余枯叶。
漫道花千树,
人喧惊落雪。

2018-12-29

暗合

红梅傲霜雪,
冰肌映朱颜。
深闺绝尘寰,
鸟雀鸣丽山。

2018-12-30

岑寂

春水雪花走,
寒烟上渡舟。
青川大荒外,
红日入海流。

2018-1-2

碚水

江水修裂纹,
摆谱自鸣深。
一旦大势去,
惶惶向前行。

2019-1-3

文娱

风举白鹤翔,
细沙逐轻浪。
往来殷勤客,
酒后铸文章。

2019-1-8

北碚情

再见碚石绿,
鹤飞之东阳。
浪有青天志,
游子不远方。

2019-1-10

年轮

白茅烧又长,
灯笼挂高堂。
转眼年将到,
如何不思乡?

2019-1-14

游走

阳光过隙短,
苇丛雀鸟密。
嘉陵有野老,
迈过黄花溪。

2019-1-16

行吟

春沿河岸走,
晴翠满路生。
微软脚下泥,
足以慰远行。

2019-1-16

思念

寒鸦枝上啼,
树高见叶稀。
明月今夜小,
应从海上起。

2019-1-18

芦花如雪

风吹芦花走,
狗尾作天帚。
无尽雪绵绵,
摇动满江愁。

2019-1-18

对偶

人来惊鹤梦,
环湖筑嘉园。
绿草结春色,
风雨凭乡关。

2019-1-19

等候

车行鸿逝远,
落叶淹古庵。
长想如山崩,
一毁三宿愿。

2019-1-19

过年

年来人情浓,
花月渐东风。
苦辛慰远志,
调节灯火红。

2019-1-25

伊人伤

美人江苇立,
花容入烟雨。
韶华付流水,
天地误佳期。

2019-1-26

烟涛

江烟逆水流,
浪花碎小舟。
纵横游戏浅,
念动起空愁。

2019-1-26

第三辑　清风吹月

冬苇

零落如弃妇,
无心妆与淑。
岁月太糟蹋,
来生再如初。

2017-11-27

忆赤水瀑布

晨起胭脂红,
暮归落日黄。
彩虹来搭桥,
明月抱云翔。

2017-11-28

温塘峡

江水冲云脚,
温塘对斧开。
浪漫濯我足,
开怀待君来。

2017-11-28

自勉

汩汩如泉涌,
未见大音稀。
努力再努力,
直到斜月西。

2017-11-29

重拾年少

逐梦到辽西,
千里走单骑。
长风逆我怀,
飘飘吹征衣。

2017-11-29

则天

德华随我去,
都护在安西。
人生终有料,
追逐太阳居。

2017-11-29

问天

月圆人不满，
长恨问苍天。
奈何蟾宫远，
不得攀青山。

2017-12-1

无名草

寒冬不输绿，
逆天恣肆生。
虽然一草芥，
绝非误春人。

2017-12-7

桂花

大雪碎琼开，
不意香袭腮。
人说春光好，
我盼严冬来。

2017-12-7

望天景

星河入眼帘,
黑白乾坤转。
谁能担此任,
心远地自偏。

2017-12-13

节气

隆冬种柳树,
水仙水中栽。
应运自然来,
翘首春花开。

2017-12-17

一株树的宣言

缤纷始足下,
叶茂不惧寒。
风刀严霜逼,
盗火暖自然。

2017-12-18

绿蘑赞

绿芝发腐木，
兰花在其侧。
纵使天命薄，
不改君本色。

2017-12-19

玉兰

陈叶尚犹在，
新芽已发生。
催陈出新事，
人道何迟迟。

2017-12-20

城市

都市多乖树，
严冬不凋零。
欲与岁月搏，
天道不得行。

2017-12-22

颜语

江左有美芹,
构树伴旁生。
四季轮回里,
美美与共新。

2017-12-25

私语

慈竹有灰意,
决明子充盈。
雁过两爿羽,
知了已无鸣。

2017-12-25

碚石

江碚余鲸波,
船来多戏子。
流毒化自然,
何苦做顽石?

2017-12-27

云山外

云山相似律,
出岫炊烟起。
水涨两岸阔,
逆舟何太急。

2018-1-3

快意

野草清脚淤,
鸟动落叶稀。
忘绝尘寰里,
北大不稀奇。

2018-1-7

蜡梅

无人任撒欢,
本意结天然。
纵使叶落黄,
犹有自吐香。

2018-1-7

看见人间

缙云水墨画,
香樟带劲色。
心肺已复苏,
晴川不下雪。

2018-1-7

自白

墙高不见树,
人矮不逾墙。
顺道游走远,
不想红尘偏。

2018-1-16

当涂

小苇毋枯死,
无絮对光阴。
树丫挂落日,
岁寒不冻心。

2018-1-17

我的攀登

拾级上高台,
脚重心自在。
蜗牛同散步,
漫等山花开。

2018-1-20

无题

樟林独徘徊,
蜡梅误人开。
地锦着意绿,
不怕伤心踩。

2018-1-21

随缘

树繁高密处,
足凌碧波旁。
绿竹随意长,
道阻回心房。

2018-2-11

怒放

草叶一阳动,
千般原始生。
厚德万物载,
不可欺春新。

2018-3-9

大人

肩扛日月星,
背负古今愁。
足踏三江水,
天地任我游。

2018-3-19

垄断

江水清流急,
来去不由己。
驯服没脾气,
开闸窜几米。

2018-3-20

易从容

星辰坠瀚海,
平畴交远风 。
人生四涯笼,
等闲看古松。

2018-3-24

自由

风筝美上天,
姿态舞翩跹。
俯瞰山河色,
老翁手里攥。

2018-4-9

玫瑰

花红香满径,
谢枝委地馨。
风来姿犹在,
唯恐攀摘人。

2018-4-16

际会

晚霞多风云,
长水碧万顷。
天地一个我,
双目接乾坤。

2018-4-19

汛问

雨急洪波起,
水阔钓浑鱼。
潮来彼岸远,
过河求虹霓。

2018-4-24

泳

江青波粼粼,
水岸绿森森。
出入风涛里,
浪花溅新人。

2018-5-3

雨游

芝麻花开白,
黑云镶亮色。
天地为独享,
雨歇我不懈。

2018-7-22

草力

野火烧旧草,
雨后秋发生。
莫笑草卑贱,
明年尽原青。

2018-9-25

天地

东天慕彩云,
千山云下青。
江流随大节,
天地不言竟。

2018-9-28

晚足

霾深苍山远，
雾入知足苑。
风林雨安尘，
不畏晚来寒。

2018-11-12

视界

曙红炊烟浓，
长山隐约中。
风水轮流转，
乾坤大不同。

2018-12-12

出口

江湾藏隐秀，
波涛入荒年。
峡出两岸阔，
自然天地宽。

2018-12-18

水势

浩水汇嘉湾,
青山只等闲。
苍黑关不住,
清流润巴川。

2018-12-18

影视

一水分双阳,
上下夺天骄。
水波金光舞,
不知乾坤豪。

2018-12-20

游艇

鼓浪远渡津,
风烟望归程。
红旗猎猎展,
船头立后生。

2019-1-14

泳者

努力向上游,
手桨身作舟。
寒水破岁月,
自然得清流。

2019-1-18

人工鱼礁

斜入波涛处,
浪子常回头。
鱼虾多眷顾,
独立迎风投。

2019-1-26

芳草

春草勤欲野,
芳翠接天涯。
染指星天外,
岁岁原上青。

2019-2-26

第四辑 万物同光

天上？人间？

神女降人间，
有喜并不难。
盈月生紫蓝，
蜀江结清欢。

2017-11-17

哲思

峡江随山走，
万年不变心。
山重水复处，
恰恰候归人。

2017-11-18

巫山遐思

巫咸巫形山，
长江长流水。
神女来回唤，
折射人祈愿。

2017-11-19

断想

树截树心空,
人伤人断肠。
谁无坎坷事,
念念佛性扬。

2017-11-22

高处

狮峰似有霾,
近午看不清。
莫非只要高,
雾散亦不行?

2017-11-26

悟理

日出花胜火,
暮色吞苍茫。
人生亦如此,
早晚细思量。

2017-11-26

渔人

竿竿对江面,
无鱼有渔情。
多少牵引事,
背后无机心?

2017-11-27

人情世故

得得如马蹄,
马走音自稀。
红尘本如此,
莫怪鞍马稀。

2017-11-28

悟道

水缓养小鱼,
瞥顾澎湃音。
期年山月好,
溪流偶成行。

2017-11-28

龟

虽非池中物,
终在池中长。
无论走好远,
仔细多思量。

2017-11-28

悟道

江边草如梳,
花小远看无。
固沙效果佳,
大浪淘沙物。

2017-11-28

心事

风吹浪千层,
心事付瑶琴。
不怪日与月,
弦外有余音。

2017-11-29

早行

晨灯照宿雨,
浏亮有泪滴。
寒夜谁伤心?
小儿惊梦啼。

2017-11-30

江边游人

对江心放松,
各各纵欢愉。
人生何似露,
纸鸢入长空。

2017-12-1

游走

碧水涤我心,
画舫听雨眠。
黄礁人独立,
皮筏风波里。

2017-12-1

问路

硕果压枝低,
猪狗相与戏。
借问外婆家,
别处山坳里。

2017-12-3

访农家所见

日稀客登门,
小径狗识亲。
摇头又摆尾,
不亚十年邻。

2017-12-3

水的启迪

江水流不停,
水柔水无情。
碚石当中立,
重温逝者心。

2017-12-5

祈愿

色衰过丛苇，
殷黄正相依。
经年风雨后，
不知可思齐？

2017-12-7

温馨

人狗相与亲，
雀鸟不怕人。
老树蘑菇嫩，
中和天地人。

2017-12-8

意义

硕果满枝头，
无用自春秋。
何须更有为，
赢到黄土休？

2017-12-9

朝露

宿雨莹如钻,
天光泽灵气。
可怜时日短,
何乃太区区。

2017-12-9

自解

火车一长啸,
钻云破雾来。
百代只过客,
如去不关我。

2017-12-11

回眸

肠热难入眠,
夜深僵卧哀。
殷勤午将半,
不见功德来。

2017-12-11

肉眼闭

我有小宇宙，
风险独自开。
混沌不凿窍，
不问所以来。

2017-12-11

心念

心紧面自强，
草衰绿中央。
不必耽心思，
日月废大江。

2017-12-12

栖苇雀

翔集兼葭丛，
众雀来会商。
唧唧复唧唧，
天天吹牛皮。

2017-12-12

睹因挡电线大树被锯

树大不成材，
本可待千年。
孰料得罪人，
腰斩为己见。

2017-12-12

心音

小径听鸟语，
熟悉倍可亲。
流水不得言，
化作波粼粼。

2017-12-13

心有千千结

蓬草飞三月，
玄日跃清江。
卵石化蜂巢，
风吹千层浪。

2017-12-14

煎熬

宿醉吐衷肠，
白床对白墙。
醉生梦死者，
始觉太正常。

2017-12-16

自为世界

洞岩有生境，
青绿未可知。
一蕨一世界，
不必地钱形。

2017-12-16

心太软

酒过胃伤灼，
翻覆床难过。
薄盏酬情谊，
人生还执着。

2017-12-16

经典

树高浓遮阳,
本来无日光。
蟋蟀再弹唱,
公刘亶父强。

2017-12-17

过

人走风带寒,
叶黄枝疏稀。
水声杂翳音,
 不断桃花溪

2017-12-17

静悟

高轩纳暖日,
摇曳见枯枝。
岁末守真意,
以文化人迟。

2017-12-18

自然而然

橘黄砸土里,
船近水上漂。
金盘余落日,
香樟瘵疠秋。

2017-12-19

利词台

坟头对阳江,
幽树倚山冈。
阴阳同择穴,
人间起苍茫。

2017-12-20

关联

雾都午都雾,
山城满城山。
北碚有碚石,
澄江看江澄。

2017-12-22

自况

雪藏功与名,
守拙御太清。
牧好身边马,
做好撑船人。

2017-12-22

冬至缙云山

我心待明月,
聊以解岁寒。
冬至阳气生,
陈抟白云间。

2017-12-22

游见

树凋鸟木叶,
草衰日见长。
目击雀乱飞,
风寒攫天光。

2017-12-23

天景

黑丝系白日,
似娥霞飞仙。
才拙勤来补,
清誉满人间。

2017-12-23

茗泽

暖阳照清汤,
水边吃茶忙。
脉脉送流水,
情溢嘉陵江。

2017-12-24

品茗

花茶琥珀黄,
绿茗泛春光。
旋涡身旁过,
谑称水鬼殇。

2017-12-24

巴江一景

炊烟烤黄毡,
清风拂脸面。
小贩勤吆喝,
红旗迎风展。

2017-12-24

戏水

户庭有余闲,
稚子水漂繁。
淘气鹅卵石,
咚咚破水天。

2017-12-24

得时

童子耍水枪,
女人嗑瓜子。
男人玩扑克,
太阳照四方。

2017-12-24

闲暇

拥猫晒太阳，
泡泡散四方，
船来船又往，
浪花拍心上。

2017-12-24

自然

沙疏根须茂，
浪大定力深。
草衰连三月，
冬天不发生。

2017-12-25

凉

树高藤牵绊，
人尊是非多。
名利蚀人骨，
勿做大椿活。

2017-12-26

变迁

蓖麻生野外,
勃然姿威仪。
而今少人识,
曾经果争集。

2017-12-26

无识

青桲不知名,
叶殒绿更深。
世人眼皆瞎,
不见汁如瓜。

2017-12-26

启悟

长流水自净,
黑石不黑心。
紫日有机心,
自恃必自焚。

2017-12-28

长途

无聊听懒聊,
哐哐复胎噪。
灯亮涣人眼,
热闷多烦恼。

2017-12-30

思齐(其一)

北方豪粗犷,
任树自成林。
校园如荒野,
新民不及人。

2018-1-2

思齐(其二)

梧桐绕行远,
余晖照过客。
汤墓有松柏,
不见凭吊人。

2018-1-2

思齐（其三）

天平出红日，
万里无云帮。
天空一澄澈，
人间多晴朗。

2018-1-2

人间事

水消江近人，
人大看不清。
如何岁月蹉，
但看牧羊人。

2018-1-2

差别

乔木生幽壑，
高大不显形。
小树处山顶，
仍博大名声。

2018-1-2

老树新芽

叶嫩不惧霜,
树老饱沧桑。
同在一世界,
周期不寻常。

2018-1-2

变·辨

树下雨无多,
苔藓满地新。
始知挡雨者,
更兼风雨人。

2018-1-3

需要

雨落无处躲,
镜湿看不清。
此时才明白,
只需一伞行。

2018-1-3

金字塔

自然见群落,
万物为刍狗。
造化有定数,
汇聚达人秀。

2018-1-3

私享天地

斜雨洒江天,
寒气逼人离。
抬眼顾四涯,
唯我独披衣。

2018-1-3

思想

榕树高千尺,
根须不忘地。
人长难十一,
位尊思民契。

2018-1-5

观自在

心小亦世界，
菩提照明台。
花红柳绿处，
究竟见尘埃。

2018-1-7

冰洁

高阳晒霜雪，
莹亮夺目色。
伤心泪水处，
日蒸风打劫。

2018-1-10

午后日迟

阳光召众生，
山水展热情。
老少情侣多，
岁月不等人。

2018-1-10

坐井观

方井把天割，
以为天不阔。
青蛙羡高树，
人生不白活。

2018-1-10

阳江见闻

黄石忘情水，
波光盈心窝。
川话㕵耳朵，
一段莲花落。

2018-1-10

自足

沙松足陷紧，
鹤飞贴水行。
江燕涉水浅，
苔痕略似新。

2018-1-10

阴阳

沙丘昨埋人，
今日童坐玩。
开心无比烈，
盈尺生死隔。

2018-1-11

江淹石

绿石莹如翠，
一淹一晒苦。
价值虽无增，
岁月炼狱熟。

2018-1-12

回望

误道山高秀，
妍媸在距离。
回归都市里，
山山筑樊篱。

2018-1-14

树瘤

远看似神龛，
静观如阴阜。
其实乃毒瘤，
原本是伤楚。

2018-1-16

证道

微澜摩卵石，
华光沐全身。
不怕水无力，
就恐无恒心。

2018-1-17

被修剪的树

围粗枝条细，
年年被腰斩，
美得和人意，
谁知它在泣。

2018-1-19

竞自由

阳雀游飞远,
山狗阔口肥。
双人看水流,
一船争上游。

2018-1-19

天地

黑幕镶新月,
人间多光带。
天黑地白时,
世上育真知。

2018-1-23

悖论

江水从不平,
不平方生命。
生命本多舛,
多舛降人生。

2018-1-23

在水一方

涛滔水泛近，
细雨蒙眼神。
水花不顾我，
散落在江心。

2018-1-24

附中春晚

红吉旺讲堂，
情溢嘉陵江。
钩沉旧时代，
徐绘新畅想。

2018-1-28

中庭晚步

木叶不遮阴，
冷径人更少。
十年步足三，
灯昏却小道。

2018-1-30

龟祭

小鬼埋小龟,
伤心石掘穴。
告别仪式里,
生命在拔节。

2018-2-1

立春

爆竹声渐稀,
熙攘喧九州。
春风往来勤,
笑得花枝秀。

2018-2-4

打工者的早上

春风催人醒,
高速车行忙。
多少牵挂中,
最怕儿客荒。

2018-2-5

今夕何夕

齿长月份稀，
腊八之小年。
十五重计算，
就怕月不圆。

2018-2-8

误区

远看像白花，
近观如奇葩。
其实干鸟粪，
经年对残霞。

2018-2-12

三月梢

三月未梳头，
风筝已上天。
性知水寒者，
未必鱼首先。

2018-2-27

蒹葭

一日三寸长，
登高望故乡。
要问思念谁，
千年水中央。

2018-3-1

缘分

伐苇做扦子，
扦子搭瓜蔓。
瓜蔓结葫芦，
葫芦悬伐苇。

2018-3-2

尊重

雨水清小河，
平沙芳草络。
劝君多自然，
当时唱天歌。

2018-3-6

出入

峡江隐蔚然,
蝉鸣夺先声。
鸟鸣三界外,
得意在五行。

2018-3-9

光影

丈人立碏石,
眼角万道景。
心中重阳红,
御宇化太清。

2018-3-9

呼唤

无阳江少泽,
水波不稍歇。
战机从头越,
美芹春失色。

2018-3-12

江河怨

粼粼江上波,
青青河边草。
本来不必见,
相负从何来?

2018-3-15

巴江语

消涨巴江水,
喜乐由人裁。
一日一放风,
还把乾坤载。

2018-3-15

遐思

落日山坳里,
流云竞追去。
太阳要洗澡,
天明换新衣?

2018-3-16

梨花海棠春

花开高碧塘,
梨白胜雪霜。
半山斗芳菲,
人家有海棠。

2018-3-17

阳光

利剑刺长空,
乌云竟转白。
下得地面来,
人间皆春色。

2018-3-17

传奇

苔痕爬上坡,
雨润桃红落。
清新虽满园,
寺里结刀戈。

2018-3-18

遇见

枇杷点青灯,
檵木红花殷。
柿叶刚裁出,
老鹅新叫声。

2018-3-18

无·误

文星有嘉禾,
离离作草森。
岁月多无情,
蒹葭贫瘠生。

2018-3-20

生克

江畔香附子,
溪花多慌乱。
断魂戈壁滩,
酸模蓁莽间。

2018-3-21

光影的启迪

流光得水韵,
心旌早动摇。
水纹织袈裟,
望渡尘世漕。

2018-3-22

笑看

舟行掀巨浪,
水岸不得息。
江畔钓鱼郎,
江里过江鲫。

2018-3-22

矛盾

朝露华光美,
华光晾朝露。
朝露自持浅,
华光不与殊。

2018-3-22

阻挡

顽石潜陵江,
江流浮世击。
击石有卵用,
用世莫分析

2018-3-22

生息

坟在舍之上,
朝阳日日新。
生死本同穴,
无用才证明。

2018-3-24

构树

构果缀满枝,
远观新如叶。
近看桑葚青,
鸟比人知觉。

2018-3-24

喜阴植物

海芋生南国,
葳蕤多润泽。
不嫌阳光少,
唯恐关爱足。

2018-3-27

慨叹

柔桑生垃圾,
再脏亦新绿。
新绿无所用,
无用即可惜。

2018-3-28

流年

河畔易湿衣,
沙软多陷足。
钓鱼得渔乐,
管他甚东西!

2018-3-29

沱水畔遐想

人间暖流多,
清波自此回,
一夜蚓松径,
劬劳被踩弃。

2018-3-29

自况

新翠如叠瀑,
芭蕉反凋衣。
生命律动里,
自在自由栖。

2018-3-29

夜过半　月过半

圆缺小山尖,
金黄镶半天。
入牖光整形,
影随人瘦颜。

2018-3-30

陌生

草森没腰膝,
日高行人稀。
无为在歧路,
不怪无人及。

2018-4-2

心绪

水声如蝉鸣,
江青涛不宁。
胸中多块垒,
白石非道人。

2018-4-3

山居

竹树环合里,
午阳欲酣眠。
鸡啼扰轻梦,
蛐蛐耳边闲。

2018-4-7

荒疏

高树翳天日,
落叶淹荒径。
黄墙缀暖意,
春深不管人。

2018-4-7

网

阳光织袈纹,
锦鲤鳞甲新。
金色年华淌,
如何渔网成。

2018-4-9

执念

浮金多繁华,
人世耽肉欲。
潮平芳草绿,
淹得水草凄。

2018-4-18

我和你

我在风里游，
你还水中泳。
风水一相宜，
游泳半山中。

2018-4-21

蛙

浅水蝌蚪翔，
过渡怕汪洋。
水少是世界，
岸大乃家乡。

2018-4-23

远近

山色迷离远，
水大喧哗深。
房林人潮中，
熟悉更陌生。

2018-4-24

水草

水草甘如饴,
闻过消俗气。
一洗心中烦,
抖擞重振衣。

2018-4-26

日落

落日要魔力,
亮瞎半边天。
人心如野马,
几人老得闲?

2018-4-26

涨水蝶

水高峡谷浅,
波大危机深。
蝴蝶不知趋,
摇晃到江心。

2018-4-26

视听之娱

波上生蓝翠,
一染山之阳。
酒花杂鱼刺,
漫听蛐蛐会。

2018-4-28

坟茔

草树封人行,
拱门杂磨芯。
光阴此地歇,
荒芜添新坟。

2018-4-30

拾光

泉溪穿茂竹,
日高见半身。
积叶厚作土,
暮光嗅竹薪。

2018-4-30

桎梏

岁月任专由,
山榕自缚身。
早发枝未散,
假须变真根。

2018-4-30

光明心

江东渔火亲,
光汀误作径。
夜大青灯小,
明心见性定。

2018-5-2

戚戚焉

蒹葭渐茂密,
苦香伴行迹。
黄花野广宇,
浪来莲心低。

2018-5-3

计较

波纹离乱苦,
大化总归流。
草偃全风吹,
不知何时休?

2018-5-4

金乌

太阳被抹黑,
乌云以为得。
一溃三千里,
伤心泪集结。

2018-5-8

白与黑

白日坠深渊,
黑藻浮水面。
天空有多深?
但看江水寒。

2018-5-8

看顾

天地养一人,
俯仰求放心。
纵横八荒走,
回头顾自身。

2018-5-9

差别

暮雨洒江天,
鸟呼回家眠。
黑蚁不得息,
搬家忙翻天。

2018-5-9

起伏

水瘦山不寒,
白鹤飞嫣然。
夏日晴不至,
难绘脚下川。

2018-5-10

转角

江上船来往,
熙熙名利忙。
转角看世界,
愚人少慌张。

2018-5-12

巨变

昨夜江腾空,
今朝石瘦黑。
太阳露脸热,
水流声暂歇。

2018-5-16

了悟

江岸一了形,
疏狂旭张本。
百代过来客,
自然启人心。

2018-5-16

夏钓

明媚钓鱼台,
风日水天光。
眈色青蓝里,
足赤大地黄。

2018-5-17

叶落

落叶非污染,
人勤向长安。
花语翳时权,
风作鸟兽散。

2018-5-17

风起的日子

江风吹不尽,
日照又拟还。
白头对碧波,
落叶舞蹈燃。

2018-5-17

卷耳

卷耳青可采,
时光照青苔。
怀人良有以,
岁月无可待。

2018-5-23

好坏

野桃生家园,
蟾蜍趴池端。
以为它最好,
高兴在废垣。

2018-5-23

夏苇

溪流池塘碧,
蒹葭霜华凄。
其实夏伏猛,
洪水淹过你。

2018-7-19

老人与狗

竹林桃花溪,
盲叟老狗徐。
晚步太阳落,
天牛构树栖。

2018-7-19

邂逅

叶稀桃仍在,
抬眼夜来袭。
开心人少来,
相见不约期。

2018-7-19

出入

碧翠带沁色,
蝙蝠托黄昏。
层楼已依稀,
入眼还人生。

2018-7-21

热·烈

河池落余光,
水畔涌热浪。
喧嚣人不定,
昏昧路愁肠。

2018-7-21

修行

夜渔水面光,
童稚疗心情。
垂柳枝尚短,
摇摆鱼尾纹。

2018-7-21

依旧

大藻似白菜,
葫芦水面开。
湿地常春色,
今日圆梦来。

2018-7-28

雨的启迪

雨来云自多,
需要才快活。
万物同此理,
电闪雷鸣过。

2018-7-30

鱼化石

千年化为石,
生动游身姿。
潮水不翻书,
历史永不叙。

2018-8-15

现实

风雨误佳期,
潮来好安眠。
赚得眼前浪,
不必看远方。

2018-8-16

驿动

绿水人家绕,
红衣礁上飘。
花开应有日,
风动心已潮。

2018-8-21

游泳

浮沉随江流,
身心聚云走。
眨眼分阴阳,
温凉辨春秋。

2018-9-1

驿动

叶落惊林鸟,
鸟飞动光阴。
秋笋壳展羽,
风吹向谁家?

2018-9-2

行

水多常淹径,
人行迟疑深。
秋江沐风浴,
何须跋涉勤?

2018-9-29

过客

船过浪如山,
风动更拍滩。
劫后余波在,
休道秋后闲。

2018-9-30

向前看

碧波翡冷翠,
环水雨沾裳。
目前风摆柳,
抬眼有四方。

2018-10-1

独处

夜漏滴秋霜,
人稀灯昏黄。
抬头星渐密,
缅桂正飘香。

2018-11-2

久远

铁上绿苔寒,
立久风雨渐。
山人最知远,
一声万重山。

2018-11-12

守正

缓行漫思远,
碧畦乱石中。
农家不弃地,
罔顾东边红。

2018-11-18

感恩

冬风吹故事,
日月罩远山。
岁末感言多,
小雪月未寒。

2018-11-23

镜水缘

霜竹河岸生,
水镜松枝存。
错落碧波里,
散逸了机心。

2018-11-24

渔人

远风吹近水,
鱼来多开心。
忽然佳人笑,
忘情满塘春。

2018-11-25

乱弹

杉松云涛聚,
日夕草莽深。
絮飞塘前雨,
明月误沟渠。

2018-11-25

变化

黄叶没人踝,
工蜂水花采。
荫翳园中葵,
暗香知未来。

2018-11-30

苇人

昨夜霜风紧,
苇黄添白头。
仔细人一生,
风光白蘋洲。

2018-12-4

启迪

水泽看春秋,
多少浊清流。
念远必宏达,
细思易白头。

2018-12-4

景深

坡黄翠隐隐,
峡深碧青青。
对映黄依柔,
年限时刻金。

2018-12-4

对流

冬来水可人,
温婉江上清。
哗哗声欢畅,
恰如观涛心。

2018-12-5

逝水

水歇滩如坪，
坪苔卷毯砧。
春秋如水流，
砧高低向人。

2018-12-5

自观

风云满西山，
日月掷眼前。
论语从此去，
小雪大雪寒。

2018-12-5

山中岁月

新月出山深，
鸟鸣渡潭寒。
老僧拾断章，
青灯对佛心。

2018-12-16

了悟

寒星空天小,
孤坟少流萤。
半山云抱树,
溪流携蝉声。

2018-12-16

治理

驯水如牧人,
长堤不淹心。
奔腾欲走远,
天下莫人情。

2018-12-18

老成

背手作深沉,
掐断功与名。
背后托日月,
挺视看苍生。

2018-12-20

情欲

西风候烈酒，
老树盘千愁。
目饮三江水，
情动水自流。

2018-12-20

老去

时序催陈叶，
情老荒巴州。
欲问心中事，
月沉压江舟。

2018-12-20

老问

芦花憔悴红，
黄叶蜡梅香。
户庭待春晓，
画眉试新妆。

2019-1-4

自洽

春风唤老树,
德月卧山孤。
云上有闲人,
自话风雨途。

2019-1-5

船行

新月挂旧事,
东西漫摇舟。
不顾银河浪,
晴海夜中游。

2019-1-12

进退

熟土草青青,
野禽多畏人。
农夫弃嘉碧,
退耕自然新。

2019-1-20

推断

出峡水本阔,
浪大阻力行。
云开不见日,
定是春无心。

2019-1-23

向往

半山看云翠,
日出蒸彩霞。
静听落叶松,
朗晴不须归。

2019-1-29

春闲

夕阳照山翠,
万户多余华。
茗香浸腑脏,
棋子敲落霞。

2019-2-6

山花

早孕二月花,
山中夺日月。
疑是半山雪,
刚好压春芳。

2019-2-20

水草

石上髭须少,
露水日日勤。
休言阳光好,
水草水更亲。

2019-2-23

思齐

回程少年远,
前瞻玉树新。
旅途多劬劳,
不觉春浸深。

2019-2-28